歌集

水辺のエチュード

尾崎加代子

青磁社

水辺のエチュード＊目 次

尾崎加代子歌集

水辺のエチュード

平成二十六年（二〇一四年）

恵みはあなたに十分である

川口に白磁の壺のごとく佇つ小鷺はまるく羽ふくらませ

ぬばたまの黒あざらけきカワガラス飛沫ま白き急流に潜く

緑どりのくろく碧の羽ひろげカワセミは中州の葦の間に消ゆ

奥山に積む初雪のうす紅く冬至の夕日が照らしてゐたり

表札は隷書のやうな書体にて「凱風館」内田樹の家の前過ぐ

寿限無の名ながきを覚え二年生の児らは暗記力に自信もつらむ

鐘撞きに子らと並びし日はとほく今年は五十も聞こえず終る

真夜に泣く向ひの家の新生児ききつつ子育ての頃かへりくる

どうしてと問ひかけて聞くコリントに恵みはあなたに十分である

茶と黒の艶めく羽をひるがへしジョウビタキ来ぬ臘梅の枝に

金色に描くねぢり梅に陽がとどく雑煮の椀を蔵ふ朝《あした》に

体揺らし川をのぼりし鴨の群みづ面を滑る速さにくだる

バリ島

赤道を越ゆるころほひまなしたは雨季のさなかの雲のひろがる

ジャワ島のモスクのアザーンききてをり十九年目の一・一七

大寒の日本離りきてジャングルの石の遺跡を汗してのぼる

褐色の男ら奏でるガムランは音色やさしき竹の打楽器

ヒンドゥの寺院めぐれば日本語に「お気持」と書く賽銭箱あり

かへりきて開くスーツケース熱帯のあつく湿つた風こぼれくる

＊

蠟梅の蜜なめし目白は木の下の鉢に水浴ぶしぶき散らして

やまぎはに落ちつぐ滝はみづがみづたえまなく打つ水の打楽器

裸木にあまたの朱き柿の実の車窓につづく智頭線をゆく

雪はらむ雲がいただき隠しゐむ伯耆大山あたりを見上ぐ

乗りつぎて来し湯の宿の障子戸を開くればまなさきは雪の大山

なまりいろの二月の中海白鳥は北に帰らむ羽やすめゐる

ブルートレイン揺られ心地は母さんのせなかみたいと十《とを》の頃の男の子

茨城

筑波嶺へのぼる傍への草かげに嬥歌《かがひ》の跡とふ標識があり

あたらしき竹の筒よりしづくする男女川《みなのがは》の源流にあふ

昼ふけにのぼる筑波は春かすみ富士もスカイツリーも見えず

石柱の間に細縄わたしゐる笠間稲荷の被災の鳥居

雪清水あつめて豊けき袋田の滝は岩幅のかぎりにひらく

東海村原子力施設の正門に遮断機が二重三重に降りる

男の児　八歳

つめたさの残る四月の川風を鋭く切りて燕が来たり

早朝の散歩に従きくる八歳の児は先づ鳥の声をいひ出づ

あかときの鳥の声きき川の音ききとむる児の耳かたちよきなり

東京の高層に住む少年は腹這ひて川に手を入れてみる

いつの日か無口とならむ少年は魚偏の文字つぎていひをり

三歳の児のほかだれもいふはずなしばあばと風呂に入りたいなど

三歳の児のシャンプーに頭を支へし痛む腕をさするたのしく

朴の葉寿司

夏ちかき雲をしづめる水張田の車窓につづく但馬路をゆく

夕闇の沼の蓮の上に坐りゐる牛蛙の胸ほのか明るむ

風はらみふくらむ胸のましろきがふるへはじめて鳴く牛蛙

低き堰を落ちつぐ水が押し流すひとかたまりの十一羽の雛

鮭、卵、椎茸ひろき葉に包み朴の葉寿司を友は送りくるる

*

まち川の中州の岸にひそみゐる泥色の甲羅の蟹の爪しろし

繁りあふ青葉の隙に立ち枯れの幹の天辺にうぐひす鳴けり

全身を左右に揺らししきり鳴くうぐひすを青葉のかげに見上ぐる

立秋の朝みはるかす稜線のくきやかなりし葛城金剛

洪水のひきし川辺の水たまりあまたの小魚とり残さるる

水たまりに跳ねる小魚を手につかみ川に戻しぬ散歩の人らと

谷崎潤一郎

住吉はたつやかすみと詠ひたる谷崎潤一郎おもひつつ歩く

結晶の雪を散らして「細雪」草書に記すいしぶみが立つ

三叉路の傍へのいしぶみ「潤一郎」とあれど立ちどまる人のあらなく

伴ひてゆきしシアトルの留学生谷崎をいへば「ナヲミ」と言へり

＊

しら紙に並べて天眼鏡にみる庭の蚊にまじるヒトスジシマカ

水底に屈伸しながら浮き沈む孑孑の変身願望みつむ

半世紀ぶりに越えゆく隧道の出口に待ちゐし吾子のまぼろし

駅の名は六甲アイランドマリンパーク夏草しげる原つぱとなる

朝もやのけぶる生駒を背景にあべのハルカス墓石のかたち

虹色の配列美しき尾をもちて蜥蜴はま昼の石を出入りす

フランスの人らは言ひき日本のをみなはなべて紫式部の裔

衰へし眼もて美しき文字つづり便りくださる苅谷君代さん

一呼吸づつ遅れて交す電話の声サンパウロの滝友梨香さんと

さ　庭

陽のとどく厨のくもりガラスの向う日ごとに映ゆる花水木の紅

香のたかき菊菜に寄らず夜盗虫青虫は水菜と小松菜の上

双つ蝶らせんに回りつつ昇りまた降りてくるつはぶきの上

視界距離七十五センチとふ蝶は右に左にただよひて飛ぶ

狭庭辺に三々五々にいこふ雀玄米おきしより争ひ始まる

バス通り入りて小路をかけきたる東京の児のばあばと呼ぶ声

庭の葉にはこべを加へ五種ながら七草粥を祝ふ老ふたり

震災後二十年目の雲間洩るひかりは天使のはしごと呼ばる

平成二十七年（二〇一五年）

ネパール

一日のうちに四季あるネパールに菜の花カンナ菊咲きさかる

まちなかに犬猿山羊牛混りゐて猫は不吉といはれて見えず

くろく鋭く飛び交ふつばめヒマラヤをのぞむ湖岸の草原の上

アンナプルナの山並仰ぎつつ歩く山路に青葉しげる山桜

胸もとに双掌を合せ「ナマステ」と挨拶交すネパールの人と

＊

オリオンのめぐりに数多の星冴えてなかにしづけき昴星群

一羽から二十五グラム採るといふ羽ぶとんが重たくなりぬ

庭木々のつのぐむ枝にふりそそぐ雨音ききつつ眠りに入りぬ

ひとり旅の児

ひとり旅了へて祖父母のもとにくる児は先づトイレへとかけだす

柿の苗桜の幼木おのが名の札あれば児はていねいに見る

人よりも虫の多きを知らぬ児は庭に飛び交ふ小虫をいとふ

角をもつ猫の絵のカード説きくれど妖怪ウォッチさっぱり分らず

川沿ひの桜通りの桜花もう見あきたと児はいひ放つ

＊

川なかの枯るる葎の陽だまりに六羽の鴨が埋まり眠る

上流の中州の岸をめぐりゐる鴨に十羽の雛が従きゆく

小さき堰落ちてあがれぬ雛三羽散歩の人ら捕へて戻す

雨あがり湿る落葉の細道に脚は縄なふやうにもつれぬ

肋骨を幅広帯に締める日々背なに子を負ひし日思ふ

あたらしき夏をめざして庭畑の胡瓜は細き蔓のばし初む

屋久島

十七種の木々を幹にしげらせて三千年を紀元杉は立つ

枝は折れ幹は裂けたる紀元杉三千余歳を見上ぐる七十余歳

八木重吉

うぐひすは一声鳴きては羽つくろふ朝日に染まる木末の上に

やまのまのしじまに澄みてカッコウと繰り返すものの清しさをきく

つゆばれの風のはこべる滝しぶき双掌につつみ朝を祈れり

いちやう並木に変れど名前は柳筋八木重吉の親しみし通り

家《や》さがしをしても見つからぬ『喩と読者』やうやく気付く震災前の棚

地に降りるすなはち餌を食む雀うしろに子雀羽ふるはせて

ちやん付けで呼びあふ友の六人の二人は杖もち二人は耳とほく

やうやくに晴るる朝の厨べに焙じる茶の香をいひてひと寄る

潮のひく河口の小波やはらかに沖へ沖へと睡りにさそふ

夏休みの児

鳴き声を真似する男の児の口笛にうぐひす盛んに警しめて鳴く

暗緑に繁る葉群の谷ふかく光りつつ奔る源流が見ゆ

よき耳をほめて触るれば振りはらふ男の児の腕の思はぬ固さ

牧場を駈けゆく少年八歳のその十倍の爺従きゆけず

狩猟採集時代の遺伝子か割箸輪ゴムに鉄砲つくる児

夏から秋

いくそたび豪雨がはこびつもる土砂この夏川の水位さがらず

むらさきが白に変りきて朝顔の種くれし児に久しくあはず

あかときの浅瀬に降りむと青鷺は屏風だたみにつばさをたたむ

くちばしを水に濡らしてかるがもは羽づくろひする生え際までも

夏の昼短パンにくる娘婿の大腿四頭筋まぶしも

オルゴールの螺がほどけていくやうにほぐれてゆきぬ山のいで湯に

漱石の療養しるす修善寺の小径に沿ひて曼珠沙華さく

見張り所と立札のある高処より穏しき下田の入江見おろす

運動会知らせきたる六年生のなめらかならぬ敬語さびしむ

半歳の余命と宣告されし姉が庭の菊菜の芽吹きをいひぬ

ミャンマー

バガン観光のバスの表示に残りゐる「米子駅経由境港行」

素足になりパゴダを歩くミャンマーの人らの足指しつかり開く

三千余の仏塔しづまるバガンの野に夕日は沈み月のぼりくる

たたなはる山並とほく青がすむビルマ戦没者十九万人

イラワジ河かわく岸辺に野ざらしの屍埋みけむ上等兵は

いくつもの慰霊碑たつなか富士と桜ゑがき「安らかなれ」と刻むあり

平成二十八年（二〇一六年）

『オレンジの墓標』

フルートと琴のコラボの春の海あたらしき時ながれてゆきぬ

運転手、野球の選手になりたいとふたりの男の児の賀状がとどく

「家なき子」といひて笑ひて若かつた二十一年前の家屋全壊

残されて生きゐるといへず残されず逝つた六千余のみ魂の前に

咲きをへて二月しづけき臘梅のかたへに白梅ひらきはじめぬ

苗木にて植ゑし臘梅の四十年・二十年の白梅の歳月

尾の羽のときにかさなるほど寄りて二羽の目白が枯枝にいこふ

うたはむと水栽培のヒヤシンスかたきつぼみをほどきはじめる

袋かけみかんの内らにひそみゐてみどりのカメムシ寒さ凌ぐらし

冬土に蹲ひてこしルッコラは雨あたたかき朝たちあがる

関節痛癒えぬ日頃を枯芝のもなかの雑草みどり増しきぬ

しらかみに朝の日とどきゆくりなく細かき凹凸あらはれきたり

息ふけばすぐ鳴りさうなホイッスル口にかまへる辻の警官

いづくにか開きはじめし沈丁の香りはマスクの内にもとどく

マドラーに倒されし筈のトラウマは起き上りこぼしのやうに戻りぬ

花びらを拾ひ集めて英文字かく日本の春を訪ねし人ら

サクマドロップふる楽しさに読みつづく山上秋恵『オレンジの墓標』

押入れにバナナとバイオリンかくしゐし若き日の父は姉のみが知る

ウズベキスタン

鈍色の空ははにはかに青澄みてサマルカンドの五月の朝

正倉院御物にありし丸き図柄メドレセの青きタイルを見上ぐ

乳児だく二人がバスの窓見上げ「にほんじん」とさけぶ口元が見ゆ

日本の矢絣に似るアトラス織ウズベキスタンのをみなら装ふ

みづの面にふれつつつばめの飛ぶ川の風はさやけし五月の日本

雪かむる天山山脈とほく見えタシケントの川はげしく流る

シベリヤから連行されし日本人捕虜建てし劇場見上げてゐたり

直下型地震に倒れざりし劇場日本人捕虜ら賞讃さるる

ムスリムの墓地の奥処は日本人墓地十本ほどの桜が植わる

ふるさとに還れずなりし七十九人み霊は眠る白き石の下

墓地のなか白き柱に黒き文字「世界人類が平和でありますように」

墓守はアゼルバイジャン人ウズベクのガイドの若者蔑して言へり

楡ポプラ樫の大樹の並木路を風吹きわたり時が過ぎゆく

運動会

東雲に生れて有明に学ぶ児の運動会に招かれて来ぬ

五百キロ五時間かけて来たりしが児はかけぬける一分たらず

全員で演ずる「ソイヤdeはねこ」体操服の中さがす赤いくつ下

エピローグちかき明るさに三世代六人は弁当かこみて坐る

老ふたり黙しがちなるあけくれのエポックメイキング運動会は

*

あかときの散歩の道にねむりゐる八日目の蟬は庭にもどしぬ

建設中のホテルのはづれの夏草に二宮尊徳の石像ひそむ

山霧の晴れゆく窓のまなしたに街の灯りが息づきはじむ

洪水の残してゆきし砂の地に誰が植ゑにけむ西瓜がそだつ

鴨にまくパンのおこぼれに小さき魚むらがりて食む朝の川に

一米あまりのキクイモ群落にまじりて伸びるあかき曼珠沙華

冷たくて重くて固い岩となる身を湯にしづめほぐるるをまつ

おもかげの濃きも淡きも集ひ来て先づ黙禱に始まる同窓会

バナジウム天然水はのみど過ぐ大きく黒き富士を見上げつつ

ラオス

つち色の雨季の終りのメコン川ほていあふひが疾く流れゆく

ひとしきりスコール過ぎて一連の作法のやうに虹がかかれり

夜の間に沈めてビクを引き上げて漁る人見ゆ日の昇るころ

大声に呼びかけくるる子らの声日本語に似て「おーい」と聞こゆ

カラフルなボートが並ぶ対岸はタイ国、川が国境線なり

スコールの過ぎしラオスの大空に赤青白の国旗はためく

平和の白大地の青の上と下かこむ二倍の流血の赤

赤土の大地に赤牛、七面鳥、鶏と暮すひとは裸足に

庭さきにパパイヤマンゴーバナナ実り合掌の形に挨拶かはす

早朝の托鉢の列オレンジの僧衣に従きゆく十歳《とを》あまりの僧

日本大橋、遺跡展示ホール・湧水道、日本の支援をここにきて知る

五本指の靴

朝ごとに来るジョウビタキ褐色の羽裏をみせて枝うつりする

小魚をつかみ損ねしカワセミが飛沫をあげて中州へもどる

やまなみのとほくにかすむひとところ時雨過ぎけむ虹の脚たつ

はだしにて歩く心地の五本指の靴に踏みゆく落葉のかさを

五本指の靴に歩めばそのかみのヒトの足裏に肉球ありぬべし

あちらの門こちらの段と寄り道す二歳の頃の着ぶくれし子よ

平成二十九年（二〇一七年）

いかなご不漁

成り年のみかんに袋かけられずひよどりはほしいままに食みをり

ひとつづつ灯りを消してゆくやうに庭のみかんを朝々にもぐ

冬日差しおだしき庭の椅子に寄りジョウビタキ背《そび》らを見せてとまりぬ

椿の蜜吸ひしメジロはみどり葉にさながら染みて葉群とびたつ

上流へ飛ぶカワセミに従きて走る大型カメラをかつぐ男ら

復興の家並の過ぎし二十二年家屋庭木を剝ぐ更地殖ゆ

北庭に生ひしスミレはランナーを伸していつしか南に咲けり

臘梅も梅もスミレも香がきけず鼻より始まる永遠の眠りは

みづうみの朝の岸辺は凍りゐて寒くはあらぬマイナス八度
（諏訪湖）

瀬戸内の路地に釘煮の香は失せぬ海あたたかくいかなご不漁

長電話はづむ日ありき耳とほくなりたる友よりハガキが届く

降参といひつつ姉は病みがちの九十歳の夫の介護する

少女子

春風にそよぐ小枝の四肢をもつ少女と歩むメリケン波止場

赤青黄ともりはじめる港の灯少女は父母に写メールおくる

祖母われに似るとくせ毛をいひいづる少女は長き髪ときながら

「イタイ」といひつつ胡瓜もぐ子らを思ひて春の土を耕す

耕していくぬばたまの黒土にうすくれなゐの海棠ちりしく

水を打ちひよどり野良猫遣らひつつはつかに恐る転生の日を

鉄道の線路をまたぎて下るみづ音たからかに空にひびかふ

あかときのコンビニの青年レジ袋提げて白杖の人を伴ふ

山中温泉

とほき日に芭蕉翁の聴きにけむ山中温泉ひびく川音

まなさきにひろがるかへでの深緑をめでつつあかき湯に浸かりをり

あかき湯に浸かりて昨日はうぐひすを聴きしが今朝は牛蛙きく

＊

六月の朝の日差しがふりそそぎ銀の羽裏にはばたく鳩群

水際をゆきつもどりつする鴨のまなさきの岩に雛ら眠れる

うぐひすのしき鳴く声をいひやれど聞こえぬといふ友らと集ふ

はつ夏の朝の睡蓮触れてみる思ひのほかに潤むやはらかに

右手首骨折

七月の川に沿ひたる草の道さやかに走ればすなはち転ぶ

右手首伝達麻酔に手術されメス・ドリル・ドライバーなど聞こえくる

病院の庭に深紅のボトルブラッシュ三十年前サンフランシスコに

左手にカタカナ記すほかはなく筆圧弱くボトルブラッシュと

わが一生の負債はなべて震災に償還済とはあらざるらしき

入院の朝さき初めし鹿の子百合帰りてくれば一花がまてり

健やかでありし日にはなき習ひにて日に幾度も手を見つめをり

かぎりなく怪しくなる我とめるべしプールに水中歩行励む

手から腕、腕から全身、全身はこころにおよび　澄みわたる空

リハビリの屋上の庭向日葵につぎて秋桜ひらきはじめぬ

「実現は主の御旨のみ」と日めくりは骨折の日よりめくられずあり

骨折をせし右手首のリハビリの終ると告げられ仰ぐ秋の空

＊

覚えたてのせりふ「それがどうした」となべてに答ふ六歳の児は

なまいきなせりふにオレといふ六歳と手と手をつなぎ川まで歩く

大地より湧く湯が四肢をつつみくる幸さながらに歌稿したたむ

北風に厳いつしか傾きて板状節理は東尋坊に

丸き頭を白きタオルに括りゐて男ら勤む日天作務に

電池替へよコントローラーに表示でるヒトにはあらず取替電池

底抜けに明るき笑顔のままにある七十年前のクラスの写真

若き日々口ずさみこし唱歌あり折れしこころを紛らはさむと

ふたたびの小学唱歌うたふべし腹筋背筋保たむとして

プレートのチタンが支ふる手首から冷たさは広がる指の先まで

平成三十年（二〇一八年）

祖父に添ふ

歩幅せまく遅れて従きくる祖父に添ふをとめさびきし十四の少女

朝庭に飯粒を食む群雀にひよどりはげしく飛びこんでくる

凍みとほる朝の庭の菜の裏にカメムシいくつも保護色にひそむ

待合室の壁に張らるるポスターの太文字「老害」にいたく傷つく

沖縄

ちゆら海のエメラルドビーチ大寒はただ灰色の東シナ海

環礁の向うに二艘の船うごき座頭鯨の現はるるとふ

寒緋桜めでつつ登る八重岳の頂上は立入り禁止の米軍基地

冬枯れの芝生明るく広がりて平屋の点在する嘉手納基地

弓弦羽神社

金メダルおめでたうさか上りがんばりますの絵馬弓弦羽《ゆづるは》神社

春ちかき列島に並ぶ低気圧　手術の痕がしきりに痛む

指の腱萎縮し曲がる右手もて一日はたらくいつまでならむ

若き日の読書会の『時間と自己』もう読めなくて書棚に戻す

朝々に読む新聞の終頁、山折哲雄の下段は林真理子

七、八個残しておきし袋かけみかんはなべてヒヨが啄む

白木蓮ひらきはじめてよみがへる二十三年前の家屋全壊

入学式

いただきは雪の消残る伊吹山なだりは芽吹く灰むらさきに

四階の校舎の窓にとどきゐてカロライナジャスミン黄のひらき初む

太平洋過ぎて東京湾をわたりくる風の校庭にあかき砂ぼこり

三人子の身長計に子らの子も記しつづけて歳月温し

かけ流す湯音のあひに聞こえくる稚く短くやまどりの声

小学校あがりてひと月すでに児は紳士の威厳はつかにきざす

十四歳になりたる少女は眉そろへ知命を越えしその父に似る

重篤の病にふれずさりげなく鳩、花うたふひとをうやまふ

（池本一郎兄）

ひよどりの去りてやうやくしづけさのもどるさ庭に雀らあそぶ

はつ夏

万緑の木下の闇に白く咲くホタルブクロは去年とちがふ位置に

赤・青のクレヨンに我らふたり描く向ひの三歳児背なに羽もつ

早朝の川にちかづく耳もとにたかきみづ音にはかにひびく

舗装路を歩みきたりてほてる頬つめたき川の風にすすがる

洪水の勢ひとどめて大小の枝たまりたる川辺を歩む

のぼりくる朝日につばめは白き腹あかく染めつつひるがへりたり

まみどりの黒の縞もやう幼虫のあげはは三つ葉の茎に動かず

夏の朝低枝にとまるあげは蝶あたらしき翅上、下してをり

雲の底あかねに染まるはなやぎのひととき過ぎてけふのはじまる

川なかに立ちゐし青鷺ひろらなる羽をひろげて朝光に翔つ

ながき影追ひつつ帰る西空に薄氷のやうな十六夜の月

わが漬ける三年ものの梅干を好む児おもひ笊に梅干す

台風の過ぎし天気の気まぐれに笊の梅干出したり入れたり

論争をするがに異なる鳴き方にかけ合ひてをり二羽のうぐひす

方眼紙の折目に集計うながされ胡瓜の収穫記録をはじむ

チタン抜く

疎みこし極暑の青空　台風の去りたるあとは和みて見上ぐ

暴風に吹きちぎられし青松葉みどり濃き香のひろがる朝

明けやすき夏はつとめて川の辺のさやけき風に包まれ歩く

ビス九個チタン抜かれし右手首晴れてわが手にグーパーをする

骨折の手首一年支へこしチタン勲章のごとくに見入る

冬菜

洪水の過ぎて中州にキクイモの黄は増えゆく来る朝ごとに

午前五時オリオン輝く中天のしづけさ仰ぐ台風過ぎて

小松菜と菊菜水菜の小さき種ちひさきながら異なるかたち

五線譜の音符のやうに条蒔きの冬菜は芽をだす黒土の上

秋空に発芽の冬菜のうたふ声ヒトには聴こえぬ音域ありて

わかみどり芽生え消えたるひとところ掘り返されて野良猫の糞

二階より追ふわが声におどろきてしばしとどまりイタチは見上ぐ

上流の淀み淀みにもどりきて鴨はくつろぐ夕ぐれの川

秋

磨りガラスのむかう紅葉《もみ》づる花水木日にけに褪せて冬が近づく

よみがへりくる愛らしき離乳食幼なにかへりはじめる夫に

バナナをバーと発語せし児が県大会代表となる英語弁論に

晴れの会ははにかみながら話しくるるもうすぐ十五になる少女子は

変声期に入りたる少年要件のみ伝へて電話切る明日は旅立つ

〝希望の星〟と励まし共に泳ぎこし年嵩の人ら見えず秋過ぐ

あたたかき朧月朧梅咲きそめて目白、四十雀木の間にあそぶ

令和元年（二〇一九年）

老いふたり

プラチナを多に用ゐて描くべし川堰いくつも越ゆる水の秀

膝関節、足首関節ていねいに着地し歩く壊れものなり

「呼びつける」とつね怒る夫を呼びつけて空一面の茜雲いふ

乳母車押したいけれどおほかたは車椅子押すと姉の子がいふ

デパートに黙禱うながすアナウンス即ち苦し一・一七

胸の羽六甲おろしにすすがせて青鷺は川の石の上に佇つ

コバルトブルーの羽に飛び立つ翡翠を光のなかに見失ひたり

嚙み合はぬ会話増えくる老いふたり認知症感染説を肯ふ

友と仰ぐ明石海峡大橋のなかぞらとほく有明の月

春浅く冷たさ残る川の風ひくく群咲くオオイヌフグリ

映像の結霜ガラスに思ひ出づる震災前の馴染みのグラス

姉

望月にいまだ間のあり姉の息絶えなむとする桜の空に

花満つる桜の小枝「きれいね」と姉のほそき声ほのか明るむ

何ももう食べぬ半月姉の欲るつめたき水は山の真清水

もどりくる寒に桜は咲きなづみ姉にときをりもどる安けさ

「あした死ぬ」とふいに口走り眠る姉母にまた祖父に似る面差しに

学芸会、表彰式につきくれし母親代りの十違ひの姉

萌えいづる若葉の庭に生れいづる黄蝶白蝶ちちははに祈る

月齢の二十四日のあかときの潮は姉の息をひきゆく

野辺おくる車窓の下の川の州に雛抱く鴨はまあるく坐る

つつじ咲きうす紫の山藤のひらき初めたる斎場に着く

船旅を好みし姉は終に発ちもう帰るなき補陀落渡海

額に入る写真の姉は笑むばかり精進落しの会食つづく

＊

上げ潮の川口しろき波の秀に二羽の川鵜が見えかくれする

くちばしにはげしく跳ねる魚をくはへ川鵜は波の上に跳び上る

いくつもの小魚の群いつせいに満ちくる潮にむかひさ走る

パンを撒くひとらをたのみ川口へ移らぬ鴨の雛そだちゆく

亡き姉の満中陰の会食の窓のかなたに片脚の虹

国生み神話

かくれ身がつづまり「カミ」と記さるる国生み神話の展示のなかに

入梅のちかき雲間を洩るる陽の天使のはしご海面にとどく

朝餉とる海鵜は湾の入口の思はぬ方へ浮き上りくる

七階の窓の外しきりに往き来するつばめは朝の潮風きりて

八十歳の手にとりて見るみどりごの関節血管みえぬまろき手

カーディガン

秋ちかき薄雲ひろがり山の間にしみいづるごときひぐらしの声

鳥好きのわがため鳥の刺繡あるカーディガン選ると子の子はいへり

とりつくろふ御寝小の夫に乱暴な介護職員になりさうになる

ブルネイ

ショートステイに夫を預けてブルネイへ五日間の旅へ出で発つ

はるか来しボルネオ島の樹の間よりカナカナの声きこえてきたり

ひき潮の砂浜に無数の穴を穿ち蟹の出で入る南シナ海

台所の床板あげて落とす餌に鯰が寄りくる水上集落

海をのぞむ王の別荘を転用のホテルの窓辺を猿の群はしる

時の階調

銀鼠から縹へまなくし淡き朱へ変る暁の空　時の階調

キクイモの粕漬け賜びし友おもひキクイモ群咲く川辺を歩む

朝ぐもる川に飛びたつ鶺鴒の羽の真白がまなこに痛し

ひろげたる真白き羽を背にたたみ背黒鶺鴒は小岩にとまる

夜盗虫食む葉大根、小松菜を我も食むなり朝餉の卓に

有馬へ下る

山靴に不意に踏みたる小流れの底ひの泥が清水にひろがる

切岸の崩るる山路の迂回路は梯子をのぼり獣道につづく

重心はかけず大腿四頭筋かるく運びて有馬に下る

頤と唇切りて帰る夫　足が前に出ず顔から落ちたと

スーパーのセールに買はむ紙おむつ今朝一番の会話でありき

水底に沈む落葉にとどきくる日差しのごとし「一病息災」

しづかに降る師走の雨に色深む臘梅の黄満天星の紅

令和二年（二〇二〇年）

ウイルス

浚渫のはじまり鴨の去りし川みづはみづを追ひゆくばかり

子ら記し子の子ら記しし身長計もう記せない一六〇センチ越え

うかぬ顔のニキビの男の児に血縁の上田三四二を話してさとす

かろやかにプールに泳ぎて帰るさの足取り重く地の上歩く

まひるまのスポーツジムに集ふ老のしばらく休めば死の噂たつ

震災から四半世紀追悼の鐘響きをりくもりの空へ

満開の梅につづきてウグイスと聞こえて来しはウイルスなりき

沿岸警備の船

上弦の月にとなりてオリオンのベテルギウスの杳けきひかり

目の弱くなりたる友らはうすぐらきベテルギウスは見えぬと言へり

甲板に制服の隊員ら挙手に立ち沿岸警備の船が出でゆく

いかなご漁とだえて釘煮の炊けぬ春ふいに老いのさびしさがくる

日をかさね来しウイルス禍震災の日のしづけさに似るときがある

細き茎いくつも伸し花の穂をかかぐる小松菜、水菜、葉大根

二坪の畑の冬菜に老いふたり朝夕の卓満たされてきぬ

心弱く過ぎし夕べに来迎図のごとくおぼろのおほき満月

木組みのベンチ

ロックガーデン迂回し登れば滝壺のひかりのなかにくろき魚の群

山窪のたたふる水の澄みとほり映る青葉のさ揺らぎもなし

立枯れの数本の木の水漬きたる池の端くろく千のおたまじゃくし

倒木の大小組みて作りたるベンチのつづく八幡谷に

木いちご

山の間に明るくひらく池の面をみたして白くひつじぐさ咲く

やまあひの木下の落葉のかさなりを音たてて滑るくろく長き蛇

山道のかたへの笹群ストックに分ければ鮮らけし赤き木いちご

春の空さす矛のごと篠竹の傾りにあらがね色のたけのこ

昨日摘みしたけのこは汁に木いちごはヨーグルトに添ふ朝餉の餐に

荒川の桃

川幅のかぎりに広がる梅雨のみづ堰ごとに喝采あげて奔り去る

梅雨の霧つかのま晴れて六甲の峰あらはるる　息ふかく吸ふ

臘梅の下枝と繁る紫陽花の間を抜けゆく揚羽蝶の道

昨日賜びし和歌山荒川しらもものかをりひろがる朝のリビング

長の子の歩き始めのおぼつかなき足取りに似て夫がちかづく

接木苗の胡瓜つぎつぎ咲く花に蝶、蜂は来ずつづく長雨

日替りに痛む四肢の関節を地中深く湧く湯になだめむ

海洋に戻りそこねし哺乳類か水中に四肢伸すやすけさ

真夜中のレールの継ぎ目過ぎてゆく貨物列車の老いきざむ音

最後まで家で

早朝の川辺にかはす挨拶はこぶしかかげて軽くハイタッチ

川の辺に日の出をろがみ帰るさの西空たかく白き満月

九年前の花のむらさき襞に残りおほかた白く朝顔ひらく

朝顔の種つつみくれし小一の秋の小さき手を思ひ出づ

転倒の数は忘れて夫答ふ介護認定調査員の前

最後まで家でと夫の望むなへ我に頭位変換性眩暈おこる

同じ鋏

年毎に衰へてこし嗅覚に銀杏の香はいよよ幽けし

厨辺の窓を伸びゆく朝顔に賜びし女の児の声きこえくる

パーキンソン歩けぬ夫のから元気介護認定は非該当となる

子らを刈り親らも刈りし散髪の同じ鋏に夫の髪刈る

木犀の花満ちながら流れこぬ香を確かめむと顔よせてゆく

オリンピック延期

小一の年に児が送りこし柿の種みのる今年はオリンピック延期

訪ふことも訪はるることも叶はねば柿とみかんを宅急便に送る

柿とみかん枝葉を付けて東京のタワーマンションに住む子に送る

三人子の歩き初むる日のよみがへり夫に歩き終ひちかづく

世界の地踏みてきたりし夫の足踏みだしがたき足をうべなふ

塔原稿用紙

ぬばたまの羽裏を金に染めながら鴉は西日めざし飛びゆく

西の陽のつかのま照らす山の斜面命きはまるとき思ひをり

年ごとの待降節のたかぶりの今年はあらずのつぺらぼうに過ぐ

半年分塔原稿用紙コピーするただそれのみに満ちくる思ひ

屈めたる腰唐突に痛みきて山の冬枝のいづくか折れむ

迎へくるる施設の介護職員は今朝の山辺の初雪をいふ

令和三年（二〇二一年）

「しあわせ運べるように」

冷えしるき朝の水のむすぼほる鉢の周囲を雀らまはる

旬日をつぎて開きし白梅の春よぶ雨に散りはじめたり

散り初めし白梅よりもなほおほき雪降りしきる余寒の朝に

一・一七日曜礼拝前奏の曲は「しあわせ運べるように」

黐が枯れ花水木枯れ半世紀ちかき庭木の主も枯れゆく

こんなことはじめてといふ口癖を聞き流しつつ汚物を洗ふ

わが裡に楽鳴りいづれ水中に四肢のびやかに水を搔きつつ

安心して三途の川は渡れるとプールサイドに友らとわらふ

春の扉

草の花咲きはじめたる庭の上を黄蝶ゆるりと春の扉ひらく

さきに来し番ひのメジロの水浴びの終るをまちて軒にもの干す

反論を好むひとと暮すストレスを多少の薬味と老いて肯ふ

ショートステイに夫ゆきしのち細胞は独りモードに切替りゆく

逆さまに下駄つつかけて漱石を迎ふと子規の漢詩を聴けり

七歩あゆむ間に詩一篇つくるひと月に十首を我詠みなづむ

芦屋川

蛍まふとふ芦屋川をさかのぼり滝の浅瀬の川蜷にあふ

谷越えて響くたかき声原色のシャツの男らロッククライミング

昨年摘みし木いちご今年は花のとき白くすずしく群咲く斜り

登りきて風吹岩のてつぺんに立ちて見おろす春かすむ街

枯色のひつじぐさ濃く池の岸あまたの蝌蚪はせはしく尾を振る

ワクチン接種

紫と白のあやめは咲き初めて賜びし叔母御のいかにお座します

モーツアルト聴きつつほつれを繕ひしシャツ着るときに楽きこえくる

日めくりをさきさきめくりワクチンの接種まつ日の永くもあるかな

としどしに庭のこぼれ種ふたたびの生よみがへる朝顔・向日葵

歩き初めの子を抱き上げし所作かへる歩行困難の夫に添ふとき

誰が名付けし屁くそ葛、盗人萩、盛んに伸びるを抜くほかはなく

街川の堰の垂水に潜りこむ川鵜のあがりくるまでを待つ

六甲の峰ふきおろす川風の昨日より冷たし秋たつ朝

「じゅぶんで」と自分でやりたい頃の子を思ひつつ夫の釦かけやる

周波数微妙に合すラジオのごと病の進む夫と会話する

部屋におくポータブルトイレ自尊心傷つくらしく夫は拒否する

竹シーツ背なに冷たしミャンマーの庭の竹寝台に男ら眠るとふ

ユニクロシャツ

庭畑に摘みゆくバジルの香はながれ門に立ちゐる子のところまで

向ひ家の小一男児のもちくるるヒメジョオンの花束、朝顔の種

きりん模様描くアームを背にのせて黄の道路維持管理車がゆく

ダンスしたことなき夫の手をとりていちにいちに歩行うながす

パジャマ重いといひし裕子さん夫もまたいひてユニクロシャツ着て眠る

アサギマダラ

山腹の展望公園に咲き盛るフジバカマに寄る渡り蝶の群

大いなる捕虫網もて捕へたる蝶の羽に人は文字書く

紗のうすき翅につきたる油性インクアサギマダラよ重くはないか

海越えて二千キロをゆく蝶を旅のかなはぬヒトら見てをり

明けやらぬ秋のさ庭の小暗きに白きはだちて貴船菊咲く

山行納め

杳つ世の地殻変動のちの世の人らしたしむロックガーデン

おほかたは白き粗粒花崗岩秋日まぶしく岩尾根のぼる

勾配のつよき岩尾根のぼりきて振り返り見る街とうち海

昼餉とる膝にきてとまるアキアカネ飛びさりふたたび戻りきてとまる

いま割れし薬玉のごときらめきて高き梢に鳴き交す小鳥

間伐材たくみに組みて作りたるベンチに坐るほのあたたかく

慎重になる八十歳は七十代のつづきと気づき山より降りる

令和五年（二〇二三年）

ひとり住む

柿、みかんたわわに実るこの秋は夫なく娘《こ》なくわれひとり住む

雨戸繰る音を合図にひよどりは鋭き声あげてみかん飛び去る

ひよどりの啄むあとを取り除きみかんは朝餉のスムージーに入る

「ありがとう、おいしかった」と夫も娘も我に残せし最後の言葉

茶菓供へ花の水替へ一日の始まる遺影の夫と暮せば

受け入れ難きを受け入れ進まむとクロアチア戦に負けし選手いふ

浄化水

十五羽の鴨のあつまる冬の川睦みあふあり諍ふがあり

水影は静止の白鷺一瞬に光る小魚を嘴に踊らす

川岸の枯枝にとまる翡翠はなかなか飛ばず嘴振るばかり

ひこばえの臘梅いまし青年期花満ちあまく強き香放つ

先立ちし娘《こ》をやうやくに受け入れて木末の白き侘助み上ぐ

十九種の物質除去の浄化水飲みつづけていつかカタルシスまで

宮古島

大寒の東平安名崎へつづく道テッポウユリはひらきはじめぬ

遠々と数千キロを渡りこしサシバは岬のそらを過ぎりぬ

列なして泳ぐ瑠璃色スズメダイ・チョウチョウウオを潜水船に見つ

橙色の夕光やがてくれなゐの淡き余光に変る須臾の間

夕光ゆ美《は》しき余光につつまれて生前没後の夫思ひ出づ

こがらしは落葉をはらひ旅の日は憂ひを忘るるグリーフケア

上田三四二

みづ音のとどく葉群に飛び交へる五・六羽ほどの細身の目白

住吉をふるさとと呼び発ちゆきし谷崎潤一郎　われ二歳の春

きさらぎをかけて咲きこし白梅の花は散りぼふ門に通りに

華やかなランチョンマット調理台に敷けば食卓　冬の寒夜は

亡き夫に相似る骨格なつかしみ上田三四二の著作読みつぐ

かたはらに夫あるごとき安けさに『上田三四二全歌集』読む

八十余年使つてくれれば「ふつう」といふ友の言葉は関節痛の薬

春彼岸

さくら咲き菜の花にほふ播州の山ふところに夫は眠れり

とほからず我も入るらむ墓の石タワシもて洗ふ彼岸中日

ポトマック河畔の桜うしろ背に写メールの姪は亡き娘のおもかげ

隠岐

八重桜つつじしやくなげ藤の花いつせいにひらく隠岐にきたりぬ

百三十の段をのぼれば黒木御所木群のまなした海波の寄す

雨あがる朝の入江の波のまに潜りてはあがる一羽の海鵜

広くなき道のまなかをゆく老いをバス降りてガイドは端にみちびく

牧草地の丘のなだりに白緑のぐみの木群ゆしき鳴くうぐひす

海からの風にたてがみなびかせて馬はひたすら草を食むなり

をりをりに小舟の出入りする入江まなかに海保の巡視船停泊

奔るがに飛ぶがに進む観光船　船尾の水脈にイルカの従きくる

空の茜

土堤の段くだればたちまち包まるる草の香のせてくる川風に

空気まだ攪拌されざる帰り道アベリアの香くちなしの香

球を打つ主なき庭のゴルフネット胡瓜とゴーヤほしいまま伸びる

深海に鯨が好むとふ烏賊を今宵の卓の一品とする

あたらしきけふを生きよとあかつきの空の茜がわれを励ます

あとがき

山と海に囲まれた神戸は自然ゆたかな街です。その街に暮すなかから、自ら湧き上る思いを言葉に表すこともまたごく自然のことでした。

八十歳を過ぎて、体力気力に余裕のあるうちにと、人生総まとめのつもりから、『水辺のエチュード』をまとめました。

阪神淡路大震災から十年を経て『新しい風のなかに』、その十年後に『樫の木小書』、もっと遡って、習い始めの作品をまとめた『時の畔り』を加えれば『水辺のエチュード』は四集目となります。

ながきに亘って続けて来られたことを思いかえせば、六十年前、清原日出夫さんに出会い、高安国世先生、田中栄さん、池本一郎さん、塔の会員、百人余だった頃の大阪歌会の方々、それから三十年ほど後の永田和宏先生、吉川宏志主宰はじめ選者の先生方、芦屋歌会の皆様、多くの先輩、歌友に支えられて来られました。心から御礼申し上げます。

出版に際し青磁社の永田淳氏には貴重な助言を賜り、またあたたかなお心づかいに感謝申し上げます。

装幀の花山周子様に厚く御礼申し上げます。

二〇二三年十二月

尾崎　加代子

塔21世紀叢書第439篇

歌集 水辺のエチュード

初版発行日 二〇二四年三月九日

著　者 尾崎加代子（本名 みさ子）
神戸市東灘区御影郡家一—二九—二八（〒六五八—〇〇四八）

定　価 二五〇〇円
発行者 永田 淳
発行所 青磁社
京都市北区上賀茂豊田町四〇—一（〒六〇三—八〇四五）
電話 〇七五—七〇五—二八三八
振替 〇〇九四〇—二—一二四二二四
https://seijisya.com
装　幀 花山周子
印刷・製本 創栄図書印刷

ISBN978-4-86198-581-2 C0092 ¥2500E